AVENIR

DES

FEMMES.

Imprimerie de P. Baudouin, rue des Boucheries-S.-G., 38.

AVENIR

DES

FEMMES,

PAR

Jean Czynski.

Il ne nous faut qu'un fondateur, qu'une Isabelle de Castille, qui sache, en dépit des détracteurs, apprécier et employer Christophe Colomb.

C. FOURIER.

35 centimes.

PARIS.

LIBRAIRIE SOCIALE, RUE DE SEINE, 49.

CHEZ DOLIN, LIBRAIRE - COMMISSIONNAIRE, RUE CIMETIÈRE-ST-ANDRÉ-DES-ARTS, 9.

A LA LIBRAIRIE BELGE-FRANÇAISE, A BRUXELLES.

1841

AVENIR

DES

FEMMES.

I.

La foule se pressait sur la place du Palais-de-Justice, hommes, femmes, enfans accouraient pour repaître leurs yeux d'un sinistre spectacle. Trois femmes conduites par le bourreau parurent ; toutes trois, jeunes encore, toutes trois condamnées pour crimes. L'échafaud était dressé. Les victimes y montèrent étroitement garottées; et, toutes honteuses, elles s'efforçaient de cacher leurs visages au public qui, en les contemplant, lisait avec horreur, au-dessus de leurs têtes, sur les poteaux où elles étaient attachées : *adultère et empoisonnement, infanticide, meurtre.*

L'indignation se manifestait de toutes parts.

— La femme est plus féroce que la hyène, disait l'un, car la hyène nourrit et défend ses petits; il n'y a qu'une femme qui soit capable de porter un coup mortel à l'enfant à qui elle a donné la vie.

— Comme il n'y a qu'une femme, ajoutait l'autre, qui soit capable de prêter un serment d'amour, et d'attenter ensuite aux jours de celui qu'elle a choisi pour son amant ou pour son époux.

— Qui pourrait croire que tant de grâces et de charmes cachent des âmes si féroces !

Ainsi chacun jugeait et condamnait, chacun murmurait des paroles d'indignation.

Une heure s'écoula ainsi. Enfin, le bourreau délia les coupables, et la foule les suivit en leur prodiguant toutes les épithètes du mépris.

Il ne demeura sur la place qu'une jeune fille aux cheveux blonds, aux yeux bleux, elle était calme, mais pensive ; à côté d'elle, se trouvait son frère, un peu plus âgé. Le sort des coupables faisait une si vive impression sur l'âme du jeune homme que sa sœur s'apperçut de l'émotion qu'il éprouvait.

— Mon ami, lui dit-elle, tout le monde s'indignait à la vue de ces femme, toi seul, semblais avoir de la compassion pour elles; j'ai même remarqué des larmes dans tes yeux. Peut-être connais-tu leur malheureux parens?

— Non, ma sœur.

— Pourquoi alors cet intérêt pour des cœurs endurcis?

— Pourquoi? c'est que ces femmes ne sont pas coupables.

— Tu connais donc l'histoire de leur vie?

— Non.

— Alors tu excuses les crimes les plus affreux?

— Non, je ne les excuse pas, mais je les comprends. Je voudrais les prévenir, et non les châtier. Dieu a bien fait tout ce qu'il a fait. Dans le cœur de ces femmes il a mis, comme dans le tien, le germe de toutes les vertus et de tous les nobles sentimens. Et ces êtres pervers qui nous font horreur, auraient pu, placés dans un autre milieu, soumis à d'autres influences, faire le bonheur de leur famille et la gloire de la cité qui les a vu naître.

— Je ne te comprends pas.

— Tu ne saurais t'imaginer à quels excès peuvent conduire la contrainte et la misère. Prends un ange de bonté, prives-le de ses moyens, de son indépendance, brises sa vocation, sa destinée; et vois alors si cet ange ne deviendra pas un démon.

— Mais, que pouvons-nous opposer aux mauvaises passions?

— Les mauvaises passions!... Il n'en existe pas. Les effets des passions peuvent être bons ou mauvais, selon l'essor qu'elles prennent, selon la marche et le degré de leur développement.

Regarde ce fleuve qui coule paisiblement! Vois ces navires qui transportent du nord au midi tant de produits divers. La Seine, dans son cours régulier, seconde l'industrie humaine, elle alimente des usines et fait mouvoir leurs plus vastes ressorts. Sur ses rives, les pêcheurs viennent chercher un délassement agréable ou d'utiles industries, les cultivateurs y plantent des arbres, y sèment des récoltes fécondes. De riants jardins ornent ses rivages. Tout semble sourire tant que ses flots suivent leur pente naturelle; mais qu'une force majeure les arrête dans leur course, qu'une digue puissante leur barre le passage, et à l'instant, ce fleuve bienfaisant débordera de toutes parts, et sortant violemment de son lit, brisera les machines, inondera les contrées, et dévastera dans sa marche vagabonde tout ce qui tenterait de s'y opposer. Il en est de même des passions; livrées à leur cours naturel, dans un ordre harmonieux, elles produiront autant de bien que la contrainte et la répression enfantent actuellement de désordres et de crimes.

— Tu voudrais donc que chacun fut libre de faire tout ce que son mauvais génie pourra lui inspirer?

— Il n'y a pas de mauvais génie! Si aujourd'hui tu vois des meurtres, et des crimes qui t'épouvantent; ne t'en prends pas à la nature humaine, ce n'est pas l'œuvre divine qu'il faut condamner, mais le milieu social dans lequel nous vivons. C'est à nous de chercher d'autres conditions d'existence. Le malheur n'est pas notre destinée. Le créateur a donné à l'homme l'empire de la terre, et selon que l'homme saura respecter ses lois ou qu'il s'en écartera, le globe deviendra un enfer ou un paradis.

— Alors notre avenir dépendrait donc de nous-même?

— Oui, ma sœur; suis-moi, je vais tâcher de te le prouver.

—

II.

Les deux jeunes gens suivaient le chemin qui conduit au bord de la Seine. D'abord ils rencontrèrent plusieurs femmes déguenillées, les pieds nuds, la figure pâle, véritables types de la misère humaine. Ces malheureuses balayaient les rues afin de gagner de quoi acheter un morceau de pain noir. Plus loin, d'autres femmes portaient de lourds fardeaux, d'autres s'efforçaient d'arrêter les passans en criant leur marchandise qu'elles ne pouvaient parvenir à vendre. Enfin, près de la Morgue, il y avait un rassemblement, et la foule se pressait pour contempler avec effroi le cadavre d'une belle jeune fille qui, ne pouvant trouver de travail, avait préféré le suicide au déshonneur !

— Ma sœur, poursuivit le jeune homme, là-bas, sur l'échafaud, tu as vu des femmes qui s'étaient révoltées contre la loi commune, qui avaient fait taire le cri de leur conscience, en surpassant dans leur rage la férocité du tigre et de la hyène. Là se sont offerts à tes regards, ces malheureuses femmes, sortes de cadavres livrés aux travaux les plus répugnans, pour soutenir leur misérable existence. Ici, enfin, tu détournes tes yeux de cette belle créature qui vient de se donner la mort pour échapper aux conditions avilissantes de la vie !...

Or, dis-moi. Penses-tu que le Dieu tout-puissant, le Dieu qui a revêtu les animaux des forêts de si belles fourures, d'ornemens si riches et si variés, celui qui a paré les oiseaux d'un si magnifique plumage, qui a doté tous les êtres, de la force et de la beauté; penses-tu que ce Dieu juste envers toute la création ait été injuste pour l'homme seulement et l'ait condamné à la faiblesse et à la misère, en le privant de nourriture et de vêtemens? Le lion bien vêtu, bien armé, se promène insouciant et règne dans le désert. L'aigle plane au-dessus de notre horizon, semblable à un puissant génie des sphères supérieures. Tout animal trouve son gîte, tout oiseau son nid, et l'homme, l'homme! ce prétendu roi de la création, l'homme couvert de haillons dégoûtans, être faible et débile, est obligé de traîner dans la fange une vie pleine d'inquiétudes, ne sachant où reposer sa tête. Oserais-tu donc croire que telle est la volonté de Dieu, que telle est la destinée du genre humain?

— Je devine à présent, mon frère, tu appartiens sans doute à quelque secte ou à quelque école nouvelle, et comme tous les partisans du *nouveau*, tu blâmes ce qui existe pour admirer les fantômes créés par ton imagination. Mais, crois-moi, tu ne pourras pas transformer le monde. Il faut le prendre tel qu'il est! Que de philosophes, d'abord admirés, ont été ridiculisés plus tard. Les systèmes passent, et le monde marche sans dévier de sa route.

— Tu as raison de ne pas croire à la sagesse des réformateurs. Après tant de révolutions subies, après tant de sang répandu au nom du bonheur des peuples et de la liberté universelle, tu as le droit de mettre en doute la valeur des systèmes de tous les faiseurs de chartes et de codes humains. Comme toi, je les blâme tous; car tous ils ont follement lutté contre la volonté divine, contre les lois de la nature qui en sont l'expression. C'est à eux qu'il faut attribuer la misère et le crime, le carnage et l'oppression. Ils n'ont cru ni en Dieu ni en sa providence, ils n'ont connu ni l'homme ni sa nature, ils n'ont jamais étudié l'harmonie de l'univers; pouvaient-ils enfanter autre chose que misère et oppression, désordre et anarchie.

— Tu sais donc la volonté de l'être suprême ?

— Oui, ma sœur, car il y eut un homme de génie, qui s'écartant de la voie ordinaire, s'inclina devant la nature, et au lieu de lutter contre elle, étudia l'attraction passionnée, organe de ses décrets. Le premier, il définit les attributs de Dieu ; le premier, il ajouta aux croyances religieuses, les preuves convaincantes de l'immortalité de l'âme.

— Qui est-il ?

— Charles de Besançon. Il a vécu pauvre et ignoré ; martyr, lui-même, il travailla trente ans pour doter le monde des fruits de son génie. Quand tu connaîtras ses œuvres, tu verras combien notre avenir est beau, combien est belle notre destinée !

III.

La foi et la conviction profondes avec lesquelles le jeune homme prononça ces paroles, firent une vive impression sur l'esprit de sa sœur. Elle marchait, pensive, plongée dans de vagues méditations qui lui faisaient pressentir des vérités nouvelles. Par bonheur pour son âme candide, elle ne s'apercevait pas qu'elle passait auprès de ces femmes dégradées, qu'on nomme filles de joie et qu'on devrait plutôt appeler enfans du désespoir. Le frère ne voulut pas arrêter l'attention de sa sœur sur cette plaie hideuse de la société. Quelque temps ils gardèrent le silence. Ce fut la sœur qui la première prit la parole.

— Je ne prétends pas, mon frère, que tout soit bien, ni que tout aille au mieux. Je sais qu'il y aurait beaucoup à désirer, et j'ai souvent été frappée de voir les richesses immenses que possèdent les uns tandis que les autres n'ont pas même le nécessaire. Cependant, avec du talent, et de l'activité, on peut s'élever au-dessus des autres. Des femmes sans famille et sans fortune sont arrivées au faîtes des richesses et de la gloire. Plus d'une, sortie d'une simple cabane est montée jusque sur le trône. La femme de Pierre-le-Grand n'était-elle pas une orpheline sans nom ?

— Oui, sur mille malheureuses qui ont passé leur vie dans les privations et les larmes, qui ont été contraintes de gémir dans la misère, une par hasard s'élève pour briller un moment. Tu pourrais même m'en citer des milliers qui passent leur vie dans l'abondance, en voltigeant de plaisirs en plaisirs. Le mal n'est pas qu'il se trouve des êtres privilégiés pour lesquels le monde ait un sourire; mais ce qu'il y a de déplorable c'est qu'à côté de ces enfans gâtés de la Fortune, il se trouve des parias, qui vivent dans l'inquiétude, ne sachant aujourd'hui si demain elles trouveront un lieu où abriter leur sommeil.

— Mais que prétends-tu donc? Songes-tu à renverser le gouvernement, à créer une nouvelle religion?

— Non, je veux transformer la société toute entière.

— Un bouleversement! encore une révolution, encore des larmes et des ruines!

— Non, ma sœur, ne juge pas les disciples de Fourier d'après les sectaires du passé. Nous, pour régénérer le monde, pour entrer dans la terre promise, nous n'avons besoin de déclarer la guerre ni au trône ni à l'autel; nous respectons les droits acquis, et sans secousses, sans violence, nous arborons le drapeau pacifique qui doit réconcilier les rois et les peuples, les riches et les pauvres. Nous apportons une théorie qui, sur les ruines des sciences incertaines apprend à assurer le bonheur de tous ; le bonheur des enfans aussi bien que celui des hommes, des femmes et des vieillards.

— Si Dieu est juste, pourquoi nous a-t-il créés pour souffrir ?

— Dieu ne nous a pas créés pour la souffrance. Il nous a donné de riches facultés, et nous n'avons pas su les développer ; il nous a placés au milieu de trésors immenses, et nous n'avons pas voulu les exploiter ; il nous a assigné la plus noble tâche, la gestion de notre globe, et nous l'avons repoussée !... Le mal n'est qu'un avertissement, qui nous apprend que nous nous écartons de la loi divine. Jésus-Christ a dit : « Cherchez et vous trouverez, il n'y a rien qui ne puisse être découvert. » Et nous, plutôt que de chercher la voie du salut, nous avons écouté des philosophes impies, qui, au lieu d'étudier la volonté divine ont fondé des systèmes arbitraires et créé des sociétés basées sur la contrainte, des lois qui ne peuvent se maintenir sans le bagne et l'échafaud. Regarde : Dieu régit l'univers par l'attraction! Il n'a pas besoin de moyens coercitifs pour maintenir l'harmonie des astres. Il n'a besoin d'aucun despotisme pour que les abeilles et les fourmis construisent leurs demeures et développent leur industrie. L'homme seul serait-il donc maudit? Serait-il destiné à se courber éternellement sous le joug de la misère qui le tue et des codes qui l'oppriment? Depuis le berceau jusqu'à la tombe nous sommes esclaves et victimes. Que fait-on des enfans? A peine savent-ils bégayer le nom de leur mère, qu'on les entasse à l'école, sorte de prison où ils restent enfermés depuis le matin jusqu'au soir. Ce n'est pas pour eux que le printemps sourit, que les champs et les prairies se couvrent de verdure et de fleurs. Ce n'est pas pour eux que soufle l'air pur de la campagne ; que se déroulent les splendeurs de la création. Enfermés dans des salles humides, contraints d'apprendre dans des langues mortes, ; l'histoire des grands dévastateurs, des héros assassins, on leur apprend à admirer les sociétés payennes qui n'ont pu subsister que par l'esclavage à l'intérieur et les conquêtes au-dehors. On meuble leur mémoire de connaissances inutiles, de notions erronées qui endurcissent leur cœur et tue leur âme. On ne s'inquiète pas de leur goût, de leurs penchans, de leurs instincts, on ne cherche pas à faire éclore leurs vocations. Doit-on s'étonner si, après tant d'années écoulées dans des tortures physiques et morales, l'élève, de retour dans la famille, est encore un fardeau pour elle. Telle est le sort des garçons. Et vous, pauvres filles, que vous apprend-on? des choses futiles, qui ne vous laissent rien dans le cœur, rien dans l'esprit, si ce n'est le doute, la crainte et le découragement. A peine sorties de pension, on vous fait étudier l'art *d'attrapper* un mari, en vous prouvant que la femme sans l'appui d'un homme est un être malheureux. Soumises à la plus rigoureuse surveillance, vous n'êtes maîtresses ni de vos actions, ni de vos gestes, ni de vos paroles. Dans l'espoir de briser vos chaînes, vous accceptez pour époux le premier homme qui s'offre. Et quand vous unissez votre sort à celui qu'on vous a désigné, sans consulter votre cœur; vous commencez une vie de martyre accompagnée de ruses, de mensonges et de perfidies.

— Malheureusement, il y a bien du vrai dans ce triste tableau! Cependant la femme ne peut-elle se créer une existence indépendante et honorable?

— Et comment? par quel moyen? Les hommes se sont réservé toutes les carrières. L'armée, la magistrature, le barreau, le parlement, ouvrent un vaste champ à leur ambition, à leur fortune et à leur gloire. Quand à vous, pauvres femmes, enchaînées aux soins du ménage, vous devez sacrifier votre existence, vos facultés, votre vie aux services domestiques. Votre âme brûle, votre activité a besoin d'une sphère plus étendue, d'un théâtre plus grand, vous voulez briller par le talent et le génie, et les lois humaines vous condamnent à vous briser la tête contre les murailles de vos habitations! Vos sentimens généreux vous appellent à de nobles actions, vous éprouvez le desir de vous dévouer, pour votre cité, pour votre pays, pour e genre humain tout entier, et vos devoirs rétrécis vous enchaînent dans le cercle étroit du ménage! Destinées à ennoblir et à embellir la vie humaine, vous passez vos jours dans l'ennui pour mourir oubliées.

Si au moins, l'amour présidait à l'union que vous contractez pour tout le cours de votre vie. Mais hélas! que de fois, rebelles à l'impulsion de votre âme, vous suivez une volonté étrangère! Que de fois pour jouir d'une liberté illusoire, vous retombez dans un intolérable assouvissement. Etonnez-vous alors que la nature se révolte, et que la carrière de la victime torturée se termine par le crime, par le suicide!

—

IV.

Ces paroles pénétraient jusqu'au fond du cœur de la jeune fille. Plus d'un soupir s'échappa de sa poitrine oppressée. Plus d'une fois le sombre récit de son frère lui rappela ses propres déceptions, ses intimes souffrances. Si elle l'interrompait encore, c'était moins pour le combattre que pour s'éclairer ; si elle faisait encore quelques objections, c'était avec le desir intérieur de les voir vaincues.

— Tu te révoltes, mon frère, contre des unions mal assorties, tu crois que les femmes sont esclaves de leurs maris, voudrais-tu donc briser les liens sacrés du mariage et de la famille?

— Qui t'a dit cela? Bien au contraire. En assurant à la femme, une aisance honorable, en la préservant de l'abandon et de la misère, nous voulons seulement lui donner une pleine liberté dans le choix de son époux. Quand son avenir sera assuré, quand elle n'aura plus rien à craindre ni pour elle, ni pour ses enfans, elle suivra l'impulsion d'un véritable amour; quand elle promettra d'aimer, elle aimera, et les hommes, selon les paroles du Christ, ne parviendront pas à briser les unions que Dieu aura formées. Loin d'abolir le mariage, nous voulons lui rendre toute sa pureté, toute sa dignité, toute sa splendeur. Alors, plus de mensonges et de perfidies le père fortuné en pressant ses enfans sur son cœur, sera convaincu qu'il n'est pas trompé dans son affection; et quand un jour ceux-ci le récompenseront de ses peines, répondront à ses espérances, il pourra dire avec orgueil, sans craindre d'être démenti : voilà mon sang, voilà ma vie.

— Oui, c'est vrai, pour que la femme soit libre dans le choi x de son cœur, il faut lui assurer une existence indépendante. Mais, malheureusement, le nombre des nécessiteux est bien grand, celles même qui passent pour être riches n'ont pas leur avenir assuré. Comment, par quel moyen, ouvrir de nouvelles carrières à cette grande masse d'infortunés? Tu parlais de l'armée, de la magistrature, du parlement, voudrais-tu, par exemple, faire de la femme un soldat, un avocat, un député?

— Peux-tu le penser? Dans l'ordre ociétaire que nous voulons établir, la femme, pour être libre et heureuse, n'aura pas besoin de violenter sa nature. En suivant ses instincts, sa vocation, elle trouvera sa destinée; et nous, qui voulons substituer aux guerres barbares, la paix universelle, aux armées destructives, des armées industrielles, certes, nous ne vétirons pas les femmes de cuirasses et d'armures pour les conduire sur le champ de bataille. Les instrumens de mort, seront remplacés par des outils productifs, par les nobles leviers du travail. Ces armes pacifiques appartiennent à vous comme à nous, et les lauriers que nous allons cueillir sur le champ glorieux de l'industrie attrayante, ne couteront pas de larmes et ne seront pas tachés de sang.

— Mais comment vaincre le fléau de la misère?

— En combinant toutes les forces humaines, pour tirer de la terre fertile tous ses produits, toutes ses richesses.

— Ce sont là des travaux durs et pénibles, voudriez-vous y contraindre la faible main de la femme, voudriez-vous la forcer, la condamner à conduire la charrue, à manier la hache et le marteau?

— Ne dis pas que nous voulons forcer, condamner. Ne te sers pas de ces expressions, car la contrainte nous est opposée. Notre devise;

c'est l'attraction, elle doit gouverner le monde passionel aussi bien bien qu'elle gouverne le monde matériel, elle saura atteindre par amorce d'amour, de gloire et de plaisir, ce que la société d'aujourd'hui ne sait obtenir que par la violence et le besoin. Oui, nous voulons que tout le monde travaille ; la femme aussi bien que l'enfant et le vieillard, mais en même temps nous saurons rendre le travail léger et facil, productif et attrayant. Aujourd'hui le travail est maudit, car il est forcé, arbitraire, monotone, isolé, ingrat pour celui qui l'exerce au péril de sa santé et aux dépends de ses jours. Mais quand le travail sera honoré, apprécié, quand chacun pourra choisir entre mille occupations variées, au milieu des ateliers élégans, au sein des jardins rians, en s'associant aux groupes de travailleurs que son vœu a choisis; en développant ses facultés, en suivant ses vocations, oh! alors le travail se changera en fête et en plaisirs, alors les larmes du désespoir seront remplacées par les larmes de la joie et de la reconnaissance. Ne pense pas que dans l'harmonie, dans cet ordre nouveau, qui fait l'idéal de nos désirs, il n'y ait plus de place pour la gloire, pour l'immortalité. Une noble ambition pourra y briller dans toute sa splendeur. Des hommes s'illustreront par des conquêtes dont l'histoire n'offre nul exemple. Regarde ces champs délaissés, ces déserts que l'œil ne peut embrasser, ces steppes que n'a pas touché la main humaine. Vois ces fleuves qui dans leur marche rebelles dévastent les villes et les villages, ces montagnes qui vomissent leur terribles avalanches. Observe cette atmosphère tantôt brulante tantôt glacial, qui nous apporte la peste, le typhus, la fièvre jaune et le choléra. Eh bien, l'homme saura lutter contre les élémens et les dompter par l'industrie sociétaire. Les armées pacifiques, passionées pour la vraie gloire iront conquérir les déserts d'Afrique, les sables de la Tartarie, les glaces de la Sibérie. Ils donneront une nouvelle vie aux plaines sauvages, aux montagnes arides, aux rivières délaissées. Le climat adouci obéira au génie de l'homme. C'est quand la surface de la terre tout entière se couvrira de champs fertiles, de prairies verdoyantes, de palais magnifiques, des monumens de l'art et de l'industrie; quand tous les élémens de la création apporteront leur contingent pour embellir notre vie, quand nul part on ne trouvera un seul pauvre, un seul malheureux, c'est alors seulement que l'homme pourra proclamer avec orgueil qu'il est le maître du globe, le roi de la création.

— Et la femme?

— La femme partagera et les combats et les lauriers de l'homme. Par ses charmes, par ses attraits, par la puissance de son amour, elle le conduira à des victoires dignes de son génie. Ce sont les femmes qui prépareront nos étendard, et ce sont elles qui déposeront les palmes sur nos fronts couronnés. Parmi mille occupation variées, elles trouveront un vaste champ pour y développer toute leur activité, en donnant par leur seule présence de l'attrait à tous les travaux. Les récompenses seront dignes des services rendus. Il y aura des royaumes et des sceptres à conquérir,

Jadis un noble chevalier demandait la main de sa dame sur les cadavres de ses rivaux; aujourd'hui l'argent décide du sort de l'amant; dans l'harmonie, l'amour deviendra le prix des exploits industriels. Quand l'amant voudra plaire à sa fiancée, il lui montrera ses trophés, les obstacles qu'il a vaincus, le mal qu'il a détruit, le bien qu'il a créé. Et la femme, reine par ses mérites, reine par sa beauté, modèle du dévouement, gardien de l'honneur et de la loyauté aura toujours des sceptres à recevoir et des sceptres à distribuer. Tel est l'avenir de la femme: victime en civilisation, souveraine en harmonie.

—

V.

Le magnifique tableau qui se déroulait aux yeux de la jeune fille faisait sur son âme une impression plus vive que son frère ne l'avait espérée. Longtemps elle s'efforça de la réprimer; mais quand elle comparait la misère actuelle, avec l'idéal du bonheur qu'elle apercevait pour la première fois, elle n'était plus maîtresse de ses sentimens; elle arrêta son frère, et les yeux pleins de larmes :

— Ami, lui dit-elle, l'avenir que vous préparez est digne du génie de l'homme, et de la puissance du créateur. Je suis à vous, à vous de cœur et d'âme. Ne dédaigne pas mes services, ne juge pas des résultats par mes faibles moyens, mais par l'enthousiasme qui m'anime. Rappelle-toi qu'au temps de Charles VII ce fut une femme qui releva le courage un instant abattu, et sauva le pays en chassant l'Anglais orgueilleux, de notre terre sacrée. N'oublie pas qu'aux bords de la Vistule, ce fut une jeune fille, sous le règne de Casimir-le-Grand, qui retint le glaive suspendu sur les enfans d'Israël. C'est une femme encore qui a dompté le caractère d'Ivan-le-

Terrible, et transformat le plus cruel des tyrans en modèle des monarques. Mon âme aussi brûle pour le grand, pour le beau. Indique-moi le chemin, montre-moi le but. Il n'y a pas de sacrifice dont je ne sois capable.

Qui saurait exprimer le bonheur du jeune homme en entendant cette noble explosion. Il oublia, pour un instant, toutes ses peines, tous ses soucis. Il oublia le dédain du monde qui ne l'écoutait pas, qui ne voulait pas ou qui ne pouvait pas le comprendre. Dans l'assentiment de sa sœur, il puisait de nouvelles forces, une nouvelle énergie.

— Je connaissais ton esprit libre des préjugés, ton cœur accessible aux sentimens les plus généreux, et je savais qu'un jour tu augmenterais le cortége de nos apôtres. Mais ne pense pas qu'un exploit isolé, qu'un fait héroïque puisse accélérer le jour de notre triomphe ; nous ne ressemblons en rien à ces réformateurs orgueilleux et téméraires, qui ont besoin d'entasser ruines sur ruines, de bouleverser les royaumes et les empires, pour substituer des abus aux abus. Nous ne voulons pas qu'on nous croie sur parole, nous ne voulons pas faire des expériences sur la société toute entière ; nous demandons un jardin, quelques arpens de terre, un peu d'or, pour fonder un phalanstère, pour créer un échantillon de la société heureuse, un établissement agricole et industriel qui prouvera aux yeux des plus incrédules, la sagesse, la puissance et la justice du créateur. Le sceptre du monde reconnaissant appartiendra à celui qui nous aidera dans cette tâche.

— Et vous n'avez pas trouvé un

riche qui voulût associer son nom à l'œuvre qui coûte si peu et promet tant de prodiges ?

—Non... les puissans du jour, absorbés par les luttes politiques, effrayés par des novateurs qui ont signalé leur passage, par la ruine et le sang, craignent d'écouter les apôtres qui leur apportent l'ancre de salut.

— Que faire, mon frère? faut-il perdre tout espoir?

— Oh! non, il faut redoubler au contraire de zèle et de persévérance, et obtenir par le concours de tous ce que nous n'avons pu faire par la puissance d'un seul. Viens avec moi, je te montrerai un spectacle qui excitera ton admiration et qui te fera connaître tes devoirs.

—

VI.

Il faisait nuit. Les voitures avaient cessé de circuler dans la ville. Les rues étaient désertes, les marchands fermaient leurs boutiques, on ne rencontrait que la patrouille qui veillait sur la sûreté de la capitale. Cependant, une pâle lumière brillait encore dans une maison éloignée, et dans son intérieur on entendait les bruits du marteau, de la hache et d'autres instrumens de travail.

C'est là que le jeune homme conduisit sa sœur. Dans un vaste local, au milieu de sombres ateliers, des hommes et des femmes poursuivaient leurs pénibles travaux. Quelques fois aux bruits confus des ciseaux, des scies, des marteaux, des haches, des varlopes, des vrilles, des pinces et des limes, s'unissaient des chants harmonieux, qui prouvaient que la phalange laborieuse se livrait de gaîté de cœur à sa triste besogne. Sur les fronts humides des travailleurs, on voyait la fatigue du corps, mais dans leurs yeux sereins se faisaient lire la paix et la satisfaction du cœur.

Bientôt, à un signe donné, tous les travaux cessent. Le silence le plus profond succède aux bruits des chants et du travail, et comme par enchantement ceux qui un instant auparavant épuisaient leur corps, comme s'ils étaient des machines insensibles, prennent la parole les uns après les autres et font briller dans tout leur éclat l'éloquence et la poésie.

L'un, en combattant l'impiété du siècle, développe les attributs de la divinité et s'étend sur sa justice distributive, et sur l'universalité de sa providence. L'autre, aux croyances religieuses, ajoute les preuves convaincantes de l'immortalité de l'âme. Celui-ci expose par quelles phases est passée l'humanité, et par analogie indique le chemin qu'elle doit parcourir dans l'avenir. Un autre donne la définition de la vrai liberté, du vrai bonheur. Une jeune femme, avec la voix d'un ange, avec la conviction d'un apôtre, annonce que le temps de souffrance est passé et que bientôt la femme relevée, offrira l'exemple des plus nobles vertus, et fera les charmes de la société nouvelle. Enfin tous avant de se retirer entonrent un hymne à la gloire de Dieu et à la mémoire du continuateur du Christ.

— Qui sont-ils ces hommes étranges, demanda la sœur. Leurs mains sont noircies par le travail et leur esprit est cultivé, leur front est couvert de la sueur de la fatigue, et leurs âmes s'élèvent jusqu'aux cieux; attachés comme des galériens à leurs ateliers ingrats, ils connaissent le passé, ils jugent le présent et vivent dans l'avenir.

— Ce sont des travailleurs de notre école. Les produits de leur journée, ils les consacrent à faire vivre et eux et leur famille, celui de la nuit ils le déposent dans la caisse commune, espérant que peu à peu, par le concours de tous ils réuniront ces fonds qu'ils n'ont pas pu obtenir d'un seul. Ce sont de vrais martyrs et apôtres. Martyrs, car avec un esprit élevé et une âme brûlante, ils savent travailler et attendre. Apôtres, car aussitôt qu'ils trouvent un moment libre, ils vont de maisons en maisons, d'ateliers en ateliers, en annonçant la loi divine, en demandant une obole pour le premier phalanstère.

Quelle plume pourrait rendre ce qui se passa alors dans l'âme de la jeune fille! Le dévouement des travailleurs lui inspire les devoirs les plus généreux. Elle sonde ses moyens, elle calcule ses forces; l'avenir lui apparaît sous de plus riantes couleurs. Quelle femme ne voudrait l'aider dans sa tâche sublime ! quel homme restera sourd à sa voix, quel cœur n'accompagnera ses efforts en palpitant des plus sympathiques émotions ! Elle comprend sa mission, et sa puissance, elle veut devenir la première parmi les élus.

Je la vois à l'œuvre.

Dans peu de temps vous apprendrez à vénérer son nom.

—

NOTES.

—

1. *En développant leurs goûts, leurs penchans.*

Le goût dominant chez un grand nombre de jeunes filles est évidemment celui de la *parure*. On pourra demander quel bon résultat ressortira du plein développement de ce penchant. Selon Fourier, ce goût de futilité, de colifichets, qui s'exerce aujourd'hui si sottement sur des poupées, va devenir un palladium du charme et du bonheur social. Mais il faut savoir élever ce goût du mode *simple* au mode *composé*, de l'exercice *individuel* au *collectif*. Il faut trouver le moyen de faire coïncider l'ornement du corps à l'ornement de l'esprit, en l'alliant à la culture des sciences et des arts. La jeune fille qui aime la parure aimera aussi à cultiver les fleurs ; c'est par cette passion que la nature veut attirer ce sexe faible à la première des sciences, à la science de la *culture*, car on passe bien vite du *parterre* au *verger*, au *potager*, à la *serre*. Loin de réprimer ce goût de *parure*, on confiera aux jeunes filles l'ornement de la phalange en *matériel* et en *spirituel*. Et on verra à la suite que le goût des jeunes filles, encouragé d'abord sur les choses qui nous semblent frivoles, comme les ornemens et les fleurs, s'étendra bientôt aux *beaux arts*, et par suite aux sciences et à l'industrie. La nature nous conduit presque toujours par l'*utile* au *beau*, et par le *beau* à l'*utile*.

2. *Gardiens d'honneur et loyauté.*

La chasteté sera en grand honneur dans la société future. La garde du feu sacré, comme dit Fourier, celle des vertus cardinales, c'est-à-dire des vertus en amitié, en ambition honorable, en amour et en famillisme, sera confiée aux vierges du phalanstère qui donneront toujours l'exemple du dévouement, de l'honneur et de la loyauté. Partout où il y aura un danger, les vierges du phalanstère se trouveront les premières, et leur présence donnera des charmes aux travaux les plus pénibles, et enflammera le courage des hommes. Il ne faut pas penser cependant qu'on forcera les jeunes filles de rester toujours dans le corps des vestales. Elles seront libres de choisir un époux quand elles le voudront. On tâchera seulement, par les priviléges accordés aux vestales de les attirer à un corps qui sera respecté, aimé, adoré par les enfans et par les hommes de tout âge. Le corps vestalique, dit Fourier, devient idole de la phalange ; il a rang d'une corporation divine ; il est révéré comme *ombre de Dieu*. Chaque mois, on élira dans le phalanstère trois vierges qui règneront par leur *beauté*, par leurs *talens*, et par la *charité sociale*, ou dévouement. Aux jours des grandes fêtes, les vestales tiennent le haut bord dans le cérémonial, les souverains eux-mêmes, en présence des vestales, oublient leur rang et figurent en simples particuliers ; quand elles paraissent dans une parade, elles montent sur un char de douze chevaux blancs, harnachés en *violet*, couleur qui est l'emblême de l'amitié. Elles sont escortées, et toutes les pierreries du trésor de la phalange sont destinées à leur parure.

Si nous citons ces usages, que Fourier nous présente dans un avenir éloigné, c'est pour montrer qu'il a puisé l'ensemble de sa théorie dans la loi divine, et que la vérité et la liberté dans les relations de l'amour, n'ont rien d'hostile aux bonnes mœurs, à la chasteté et à la religion. (*Traité de l'association domestique agricole. Le Nouveau Monde industriel.*)

3. *Elles brilleront dans les sciences*

Les femmes se distingueront surtout dans l'étude de l'*analogie universelle* ou *psycologie comparée*, science par laquelle elles seront initiées au grand mystère de l'*unité de l'univers*, en expliquant les allégories végétales et animales. Presque tout le monde prend la *rose* pour l'emblême de la pudeur ; la *vipère*, pour celui de la calomnie ; le *chien*, pour celui de l'amitié. Pourquoi ne pas étendre ce rapport d'analogie à tous les objets créés ? Fourier l'a fait, en nous annonçant une science nouvelle qui formera un immense musée des tableaux allégoriques où se peignent les crimes et les vertus de l'humanité. Nous traiterons plus complétement ce sujet aussi important que séduisant dans *Fourier et sa Théorie*, ouvrage que nous avons livré à l'impression ; ici nous nous bornons à donner l'explication des tableaux représentés par le *buis*, emblême de la pauvreté, l'*iris*, emblême du mariage, enfin la *couronne impériale*, portrait de la noble industrie humiliée. Chacun reconnaîtra que cette fleur représente parfaitement la vie infortunée de Fourier lui-même.

« Rien n'est moins intéressant que le buis, emblême de la pauvreté. Il habite les lieux arides et les terrains ingrats, comme l'indigent qui est réduit au plus chétif domicile, au local dédaigné de tout le monde. On voit les insectes s'attacher au buis, comme au pauvre qui n'a pas le moyen de s'en garantir. Tel que le misérable qui endure patiemment les privations et se fixe au moindre gîte, le buis brave les intempéries et s'attache fortement au mauvais sol où il est relégué. L'indigent n'a point de plaisirs : la nature a peint cet effet en privant la fleur de pétales, qui sont l'emblème de plaisir. Son fruit est une marmite renversée, image de la cuisine du pauvre, qui est réduite à rien ; la nature a peint cet effet par le renversement du vase qui, en tout pays, est le fondement de la cuisine. Sa feuille est creusée en cuiller pour recueillir une goutte d'eau, comme la main du pauvre qui cherche à recueillir une obole de la compassion des passans. Son bois est serré et très noueux, par allusion à la vie rude et à la gène du misérable chez qui règne l'insalubrité, figurée par l'huile fétide qu'on retire du bois. »

« Qu'on nous présente un bouquet assorti des fleurs nommées *Iris*, dont il existe beaucoup de variétés, depuis l'iris papillon et très parfumé, jusqu'à l'iris colossal et gris piqueté sans parfum : cette collection sera pour nous de médiocre intérêt, d'autant mieux que plusieurs iris, comme celui de muraille et le gris colossal, sont de nuance terne et triste, l'un sans parfum, l'autre d'odeur amère et rebutante. Mais tous vont devenir intéressans même par leurs teintes sombres, si on nous apprend qu'ils offrent le tableau des variétés du mariage, qu'ils en représentent exactement les divers effets dans les différentes conditions.

Mariage de jeunes amans, — iris papillon.

Mariage de pauvres paysans, — iris de muraille.

Mariage de bourgeois ou d'aisance, — iris bleu.

Mariage d'amans opulens, — iris jaune et azur.

Mariage d'ambition ou de princes, iris gris colossal.

Les détails de cette analogie étendus à une douzaine de variétés répandront du charme jusque sur les espèces les plus inodores, comme l'iris de muraille ou autres dépourvus d'agrément. Ainsi, dans un musée, les tableaux de serpens et de monstres deviennent, par leur vérité, aussi séduisans que ceux d'animaux aimables.

Par exemple, chacun se récrie sur le lugubre aspect du grand iris piqueté de noir : il étale pompeusement les couleurs du deuil, et on pourrait le nommer *fleur de grand deuil*, sans parfum, sans coloris. D'où vient ce contraste de luxe et de tristesse? Il le faut, par analogie aux unions conjugales des princes, d'où on exclut les convenances d'amour, puisqu'on les marie sans s'être jamais vus. Le hasard peut rendre heureuses de pareilles alliances ; mais en principe, elles se privent du ressort principal d'harmonie conjugales : Dieu a dû dépeindre cette servitude politique par un emblème tristement pompeux, comme le grand iris gris, fleur fastueuse, qu'il a privée de parfum, en symbole de ces mariages où règne le lien simple et sans charme ; les convenances d'état et des grandeurs, sans acception des convenances d'amour. Elles sont figurées par le parfum des iris bleu, jaune, et iris papillon, emblèmes des mariages heureux par alliance de l'amour avec la fortune.»

Voyons le portrait de la noble industrie humiliée ; c'est celle du savant ou artiste.

« Il est peint dans une fleur nommée *Couronne impériale*, donnant six corolles renversées et surmontées comme la belsamine d'une touffe de feuillage. Cette fleur qui a la forme de vérité (forme triangulaire du lys et de la tulipe), excite un vif intérêt par l'accessoire de six larmes qui se trouvent au fond du calice. Chacun s'en étonne; il semble que la fleur soit dans la tristesse; elle baisse la tête et répand de grosses larmes qu'elle tient cachées sous les étamines. C'est donc l'emblème d'une classe qui gémit en secret. Cette classe est très industrieuse, car la fleur porte en bannière le signe d'industrie, la touffe de feuilles groupées au haut de la tige, en symbole de la haute et noble industrie, des sciences et arts.

La classe d'industrieux qui gémit en secret n'est pas celle des plébéiens grossiers, mais des savans utiles et obligés de fléchir devant le vice heureux : aussi la plante incline-t-elle ses belles fleurs en attitude humiliante. Elles sont gonflées de larmes cachées, image du sort des savans et artistes, qui font l'ornement principal de la société et n'en sont payés que par des dégoûts, tandis que les agioteurs et sangsues amoncèlent des trésors en quelques instans.

Cette fleur est de couleur orange qui est celle de l'*enthousiasme* ou *composite*, 126, par analogie à la classe industrieuse des savans et artistes qui n'ont d'autre soutien que l'enthousiasme contre la pauvreté et les humiliations dont ils sont abreuvés dans le jeune âge.

A la suite d'une pénible jeunesse, ils parviennent à obtenir quelque relief ou quelque petit bien-être : par imitation, la fleur, après avoir passé le bel âge dans une attitude humiliante, élève enfin son péduncule et sa capsule de graine ; mais il est trop tard pour prendre cette attitude, quand le péduncule n'est plus orné de sa belle fleur et n'a plus qu'une triste gousse à présenter. Cet effet dépeint le tardif bien-être des savans et artistes, qui ne peuvent lever la tête, sortir de l'état de gêne et d'oppression, qu'après avoir consumé péniblement leur jeunesse à amasser quelqu'argent, après avoir fléchi dans leurs jeunes années sous le poids de la détraction, de la pauvreté, de l'injustice, et perdu les beaux jours de la vie à préserver leur vieillesse de l'indigence. »

4. *Ce fut une jeune fille sous le règne de Casimir-le-Grand.*

Le nom de cette jeune fille était Esterka. J'ai tracé l'histoire de sa vie dans un roman intitulé : *Le Roi des Paysans.*

5. *Ce sont les travailleurs de notre école.*

Le tableau que nous en avons tracé est d'après nature.

Plusieurs de ces disciples se distinguent par un talent remarquable. Les poésies de M. Boissy ont été généralement admirées, et le recueil de M. Journet, intitulé *Cris et Soupirs*, contient des morceaux remarquables par la chaleur des sentimens et la profondeur de la pensée.

Le groupe de ces travailleurs a formé un comité de souscription phalanstérienne ; les plus petites offrandes y sont reçues et enregistrées dans un grand livre déposé à cet objet aux bureaux du *Nouveau-Monde*, rue de Seine, 49. Les sommes versées sont déposées à la caisse d'épargne, et chaque souscripteur a le droit de contrôle.

Voici l'appel que le comité de souscription adressa à tous ceux qui voudraient s'associer à son œuvre.

Amis,

Voyez-vous ces misérables bouges, ces huttes chétives et malsaines où logent les ouvriers de nos villes et de nos campagnes; écoutez ces cris des enfans que leurs propres mères ont délaissés; jetez un coup d'œil sur ces malheureux qu'on renferme dans les bagnes et les prisons; partout vous verrez crime et misère!... Pensez-vous que ce soit la destinée de l'homme sur la terre? Oh non! Amis, nous voulons changer cet enfer social, nous voulons bâtir un Phalanstère.

Le Phalanstère, c'est un palais magnifique, entouré de rians jardins, séjour digne de l'homme, où tous les plaisirs de la ville, réunis aux jouissances de la campagne, récompensent les travaux de ses habitans associés. Là, il n'y aura ni pauvres délaissés, ni malades sans secours, ni vieillards sans appui.

La femme n'aura pas besoin de vendre son honneur pour acheter un morceau de pain. Les enfans, élevés aux frais de l'établissement, suivront leurs vocations et développeront leurs facultés. La terre ouvrira ses trésors immenses à l'industrie sociétaire.

Le premier Phalanstère offrira tant de charmes, tant de résultats heureux, que les riches et les pauvres s'empresseront d'en couvrir les provinces, les empires et le globe tout entier.

C'est Charles Fourier qui, après trente années de recherches, a découvert la loi de nos destinées; c'est lui qui nous a appris à associer toutes les forces du genre humain pour tirer de la terre toutes ses richesses; c'est lui qui nous a révélé les lois d'attraction, d'unité universelle et d'harmonie; c'est lui, enfin, qui nous a rendus religieux, en nous prouvant l'immortalité de l'âme, la bonté et la sagesse du Créateur. En vain il a cherché un riche pour construire cet édifice qui doit transformer le globe, sans guerres, sans révolutions; il est mort incompris. Les malheureux, accoutumés à souffrir, n'osèrent pas croire aux destinées heureuses; Fourier mourut sans voir son œuvre accomplie !

Amis, nous avons résolu de réaliser la conception du plus grand génie du globe, en fondant, par le concours des masses, cet établissement qu'il n'a pas pu élever en s'adressant aux puissans du jour.

Les cathédrales coûtèrent des millions, et ce sont les pauvres qui les ont apportés. L'Irlande opprimée réunit des sommes énormes en acceptant les plus petites offrandes. Il s'agit du salut du genre humain, ne trouverons-nous pas en France assez d'hommes généreux pour nous aider dans notre tâche? Il y a chez nous 20 millions d'habitans qui souffrent; que chacun d'eux se cotise pour un sou par semaine, et bientôt nous aurons réuni des sommes suffisantes pour construire cet édifice splendide, cette véritable demeure de l'humanité.

C'est dans ce but que nous avons organisé une souscription populaire et universelle, où les plus petites offrandes hebdomadaires ou mensuelles sont reçues avec une égale gratitude; nous les déposons dans la caisse d'épargue et nous les soumettons au plus rigoureux contrôle. Il se trouve, aux bureaux du *Nouveau Monde*, rue de Seine, 49, un registre ouvert où l'on inscrit les noms des souscripteurs, pour les indiquer à la reconnaissance du genre humain.

Les travailleurs ont répondu à notre appel. La souscription marche ; les provinces suivent l'exemple que Paris leur donne. Les cotisations s'organisent à Brest, à Lyon, à Cluny, à Mâcon, et dans plusieurs autres endroits. La Suisse nous offre son concours, et bientôt dans tous les pays, dans toutes les contrées, nous trouverons des hommes assez généreux pour partager nos efforts.

Amis, aidez-nous, souscrivez pour les sommes les plus petites; engagez vos frères, vos parens, vos amis, à faire de même. Il s'agit de régénérer le monde ; associez-vous à cette pensée humaine et grandiose, la postérité vous bénira.

6. *Nous demandons un jardin, quelques arpens de terre, un peu d'or.*

Le comité de la souscription dont le *Nou-*

veau Monde est l'organe, a résolu de concentrer ses efforts vers la réalisation d'un phalanstère d'enfans. C'est une maison rurale d'apprentissage où 300 enfans des deux sexes recevront une éducation harmonienne. Cet établissement, qui doit prouver la vérité pratique de la théorie de Charles Fourier, peut être créé avec un capital de 200 à 300,000 fr. Il faut espérer qu'avec le concours des hommes généreux, les disciples de Fourier trouveront les moyens de fonder ce phalanstère qui, aux yeux les plus incrédules, doit démontrer la justice, la sagesse et la puissance divines.

Citons les statuts du comité de la souscription.

Pour réunir les fonds nécessaires à la fondation du premier phalanstère, on a résolu d'ouvrir une souscription populaire qui n'impose pas de grands sacrifices, et qui doit s'étendre de ville en ville, de province en province. Cette souscription est ouverte à Paris dans les bureaux du *Nouveau Monde*, rue de Seine, 49. Toutes les garanties sont offertes aux souscripteurs, et chaque souscripteur a droit de contrôle.

SOUSCRIPTION UNIVERSELLE

POUR LA FONDATION

DU PREMIER PHALANSTÈRE.

ART. 1. Il est ouvert une souscription universelle pour accélérer la fondation du premier *phalanstère.*

2. Les souscriptions sont hebdomadaires ou mensuelles.

3. Sur la demande expresse d'un membre, on acceptera exceptionnellement les souscriptions pour une fois.

4. Les noms de tous les souscripteurs seront conservés pour être indiqués à la reconnaissance du genre humain.

5. Les personnes qui voudront garder l'ano-

uyme n'auront qu'à manifester leur volonté à cet égard.

6. Pour donner plus d'ordre et pour offrir des garanties nécessaires aux souscripteurs, il sera choisi un comité dirigeant et surveillant.

7. Tous les membres du comité doivent être souscripteurs.

8. Toutes les souscriptions doivent être inscrites dans le grand livre déposé pour cet usage dans les bureaux du *Nouveau monde*. Ainsi chaque souscripteur pourra vérifier si la somme pour laquelle il a souscrit est dûment enregistrée.

9. Le produit de la souscription est déposée à la Caisse d'Épargne.

10. Quand les sommes deviendront plus importantes, le comité autorisera l'achat de rentes sur l'état, dont les titres seront déposé chez un notaire

11. Le comité prendra toutes les mesures nécessaires pour offrir le plus de garanties possibles aux souscripteurs.

12. Le comité pourra recevoir de nouveaux membres qui se distingueront, soit par leurs souscriptions, soit par d'autres services qu'ils

pourront rendre à la cause phalanstérienne.

13. Les fonds de la souscription étant destiné à la fondation du premier phalanstère, ils ne pourront, sous aucun prétexte, recevoir une autre destination.

14. Pour que les sommes versées par les souscripteurs restent intactes, jusqu'au jour de la réalisation, les membres du comité se cotiseront pour couvrir les dépenses courantes, tels que livres, quittances, etc.

15. Sitôt qu'un souscripteur aura versé dix francs, il recevra une action extraite d'un regisire à souche.

16. Les actions sont transmissibles. Le transfert s'opère par l'inscription des noms du porteur et de l'acquéreur sur le dos de l'action cédée.

17. La majorité de deux tiers de membres du comité est indispensable, pour décider l'emploi définitif des fonds de la souscription.

18. Les comités qui se formeront en province et à l'étranger, décideront de l'emploi des fonds réunis dans leurs localités.

—

ECOLE SOCIÉTAIRE.

LE NOUVEAU MONDE, Journal de la science sociale, bureax rue de Seine, 49. Ce Journal a pour but de populariser la science sociale découverte par Charles Fourier, et d'accélérer la fondation du phalanstère d'enfans. Prix : 6 fr. par an, 4 fr. pour six mois, 7 fr. par an pour l'étranger. On s'abonne dans tous les bureaux des Messageries Lafitte.

ALMANACH SOCIAL DE 1840, Prix : 50 c.

ALMANACH SOCIAL DE 1841 : prix : 50 c.

PETIT RESUME DE LA SCIENCE SOCIALE, par H. Carlet. 25 c.

NOTICE BIOGRAPHIQUE sur CH. FOURIER, par J. Czynski. 10 c.

COLONISATION D'ALGER d'après la Théorie de Ch. Fourier, par J. Czinski. 50 c.

CRIS ET SOUPIRS, Epîtres et Poésies, par J. Journet. 25 c. la livraison. Trois livraisons ont paru. 75 c.

PHALANSTÈSE D'ENFANS, par A. Guilbaud, 50 c.

AVENIR DES OUVRIERS, par J. Czynski. 15 c.

LETTRES A M. ARAGO, par J. Czynski. 5 c.

LA RELIGION, par S. Aucaigne. 5 c.

ASSOCIATION PAR PHALANGES, par M. Le Moyne. 1 fr.

Sous presse :

FOURIER ET SA THÉORIE, par J. Czinski.

www.ingramcontent.com/pod-product-compliance
Ingram Content Group UK Ltd.
Pitfield, Milton Keynes, MK11 3LW, UK
UKHW020415230726
13925UKWH00004B/1448

9 782013 616508